Maria das Graças Rafael Pereira

Uma tarde de outono em Paris

1ª edição

Edição do autor

São Paulo, SP

2016

Printed in the United States of America

Library of Congress Control Number: 2020911090
ISBN: Softcover   978-1-64908-006-6
         eBook   978-1-64908-005-9

Republished by: PageTurner, Press and Media LLC
Publication Date: 6/18/2020

To order copies of this book, contact:
PageTurner Press and Media
Phone: 1-888-447-9651
order@pageturner.us
www.pageturner.us

Sumário

Oferecimento

A Deus criador do Universo e detentor da vida eterna.

Agradecimentos

A Sebastião Raphael Pereira e Liciéria Luiz Pereira, meus pais (*in memoriam*)
À minha família.

Apresentação

Esta obra vem discorrer sobre um grande amor vivenciado por Marie, uma artista plástica e Pierre um padre que renunciou os votos feitos à Santa Igreja para viver como dono de galeria e professor célebre em uma Universidade.

Os dois se conhecem em um café às margens do Sena e daquele encontro casual nasce uma grande paixão. Esse amor intenso é participativo em encontro com amigos, viagens e família. Marie é de alma pura, sem meias verdades e se decepciona com Pierre que tragado pelo pecado da luxúria deixa-se envolver em uma trama sórdida que planeja o furto de uma obra de arte.

Felizmente ele tem em seu caminho um monge idoso que o tem por filho e, consegue livrá-lo das mãos da polícia e da justiça antes mesmo que ele seja pego.

À Marie resta a esperança de que ele volte para ela, uma vez que, como pássaro ferido, de asas quebradas, ele recorre ao seio da Madre Igreja que o acolhe de braços abertos.

No anseio de que tenham uma boa leitura, são os votos da autora.

Setembro de 2016...

Rio Sena

Capítulo 1: Uma armadilha do destino

Quatro horas da tarde. Sentada em um café aconchegante às margens do Sena, presa em meus devaneios. O tempo é cortês; deu-me toda trégua de que necessito para revisitar meus pensamentos a fim de que meus sentimentos possam ser melhor elaborados e estruturados e não me causem maiores danos do que já o fizeram.

À minha frente o Sena. Suas vagas, seu marulho; sons de crianças ao longe; turistas acotovelando-se nos passeios de bateau por sobre suas águas turvas admirando a bela cidade que se desenha voluptuosamente à sua frente. Construções magníficas de uma beleza singular, conferem à bela metrópole um quê de esmero, aliados a um bom gosto provençal que se espalhou pela Belle Époque e alcançou os dias atuais sem perder nunca jamais o charme que conquistou desde os tempos mais remotos da mais antiga realeza.

A avenida que o ladeia, coberta com as cores do outono. Folhas mortas de um vermelho sem igual conferem ao ambiente uma atmosfera sutilmente morna para esta época do ano. Uma tarde sem igual. Nada jamais há de se comparar a ela. Toda especial. O dourado das folhas das árvores parece guardar em si o calor dos raios do sol. Pode-se imaginar o aquecimento de cada uma delas ao tocar o solo e colori-lo com sua singeleza peculiar. Eu ali, sentada, perdida em meus pensamentos... Os últimos acontecimentos foram marcantes e um burburinho se instalara dentro do meu peito...

Os acontecimentos das últimas horas foram demasiadamente fortes e intrigantes para serem relegados ao léo. O vento jamais os dissiparia como a um vago pensamento qualquer. Sua importância era bastante grande para modificar toda a vida comportamental de uma pessoa no que se refere a conduta amorosa.

Ainda amava Pierre bem o sei, porém, os sentimentos diante dos fatos mais recentes se emaranhavam a um misto de desprezo e decepção. As marcas da vergonha, angústia e dor tomaram rapidamente o lugar da segurança, alegria e bondade que nutria com relação à sua pessoa antes de saber verdadeiramente quem ele era e os fatos tenebrosos que estavam ligados à pessoa dele.

Não percebera que meu café havia esfriado. Chamei o garçom a fim de renovar meu serviço de mesa e o fiz com presteza, pois sentia a necessidade de continuar ali por mais um tempo. Por uma estranha coincidência o garçom era bilíngue e falava muito bem português. Conversamos mais à vontade então ele retirou a mesa para substituí-la por outra. Pedi brioches, chocolate quente com Cognac e ao final quando me fosse, então me serviria uma boa xícara de café preto, forte, sem açúcar que adoçaria com adoçante artificial...

...Pierre... belo nome... Um homem belo. Bem-nascido, de família tradicional francesa, tinha ascendência política e empresarial. Seus pais dominavam no ramo das artes, com galerias e casas de leilões e antiguidades. Pierre tinha um tio que era deputado na Câmara Francesa e isto o enchia de orgulho e confiança na vida.

Achava que podia tudo, que a tudo escaparia ileso, pois o tio livrá-lo-ia de todos os seus maus feitos.

Fisicamente falando, Pierre era belo, alto beirando a dois metros de altura, 1,90 para ser mais preciso, longilíneo, tendo, porém, cintura bem marcada, quadris estreitos e ombros largos com braços musculosos.

Pele branca, cabelos negros e lisos que lhe caíam na fronte, olhos azuis.

Queixo forte e uma invejável arcada dentária com dentes absurdamente brancos e perfeitos, que lhe conferiam o mais cativante e sedutor sorriso masculino do qual tive notícia. Estava muito bem nos seus cinquenta e cinco anos; praticava exercícios físicos regularmente, frequentava casa de massagens. Sabia se cuidar. De fino trato, comunicação fácil, o que mais me encantou em sua pessoa logo que o conheci, foi a inteligência e perspicácia demonstrada no trato das coisas e situações corriqueiras que se apresentavam à medida em que íamos travando conhecimento um do outro.

Em nossos diálogos, mostrava-se espontaneamente interessado e ávido por conhecer mais e mais a meu respeito, exibindo raciocínio rápido e lógico sem, contudo, perder o lirismo e a sutileza reservados aos anjos nos domínios do verbo.

Pierre!

Foi ali... Exatamente ali, naquele mesmo local, mesmo café onde nos encontramos pela primeira vez... Estar ali novamente era providencial. Havia dentro em mim uma súplica, alguma sublimação contida por este homem que eu ainda não havia resolvido em meu âmago. Precisava trazê-la à luz.

Pierre entrara em minha vida quando eu menos esperava. Um caso de amor fruto do acaso ou se podemos chamar destino.

Primavera em Paris

Primavera de 2014: as flores exalavam seu perfume por toda Paris e os parisienses para saudarem a nova estação que acabara de desabrochar, coloriam as ruas, terraços, bares, cantinas, teatros, cafés com suas roupas multicores, suas bicicletas e chapéus. A cidade estava mais barulhenta que de costume. Havia ido ao Louvre e Monalisa era a minha preferida. Não me cansava de beber na fonte dos grandes mestres, mas Da Vinci com seu mistério imortalizou no sorriso da musa os enigmas de sua própria existência.

Olhar indagador, não é com o sorriso que perscruta, mas sim com os olhos; são eles que indagam o tempo todo, buscam e clamam o tempo todo por atenção, fazendo do sorriso apenas o instrumento que iludirá até o mais arguto dos interlocutores.

Sempre por volta das dez horas. Até as 14h permanecia no Museu, depois me retirava para outros afazeres.

Entardecer em Paris

Especialmente em uma bela quarta- feira de primavera, deixei o Louvre às 14h e me dirigi ao pequeno café aonde me encontro agora, sentada, às margens do Sena e lá deparei-me pela primeira vez com Pierre. Trocamos olhares e ele se apresentou perguntando se podia juntar-se a mim, ocupar espaço em minha mesa. Eu acenei positivamente e ele prontamente puxou uma cadeira, assentando-se de frente e se apresentou delicada e gentilmente dizendo:

Olá, meu nome é Pierre... Como vai?

Chamo-me Marie... Tudo bem, Pierre? Prazer em conhecê-lo.

Vem sempre aqui?

Costumo frequentar sim, à medida que posso. É um ambiente acolhedor, e o Sena? O Sena é cativante!

À medida que falava, seus olhos brilhavam mais e mais e o azul dos seus olhos acentuavam-se, contrapondo-se ao verde água da camisa polo exuberante que trajava neste dia e que o deixava divinamente belo. Talvez ele não soubesse, mas quando verbalizava, uma luz parecia circundar-lhe a fronte, uma luz especial, aquela que só possui os que já atingiram de alguma forma, a iluminação interior.

O Sena marulha e suas vagas não se cansam de gritar para o mundo, que Paris ainda é a capital da beleza e do charme, não é mesmo?

Alfinetei.

Sim, Londres tem seus encantos, New York prima pela modernidade porém, Paris, ah! Paris é inigualável! Desde a arquitetura, suas praças, jardins, museus, cafés, teatros, cinemas, casas noturnas, buffets, enfim, tudo para tornar melhor e mais excitante a vida de seus cidadãos. Sem contar com as competições esportivas e as práticas religiosas...

O que sabe sobre religião?

Muito e talvez não o suficiente... Mas podemos falar de outras coisas, como arte por exemplo. Gosta de arte, presumo...

Sim, gosto muito e tenho formação universitária no assunto.

Oh! Que bom. Sou Professor de História da Arte modalidade, Arte Europeia Renascentista...

Miguel'Ângelo, Da Vinci, etc...

Sim, e muitos outros. Perspectivas, composições, cores, tons, temáticas, artistas, concepção do homem acerca do Universo e do Criador.

Novamente a Igreja...

Ela é e será sempre uma presença constante na vida do homem ocidental; desde o advento de Cristo e para além dele. Bem, mas não quero adentrar terreno tão delicado. Não vou correr o risco de cometer blasfêmias contra o Santo de Deus.

Voltemo-nos para as Artes e política então...

Qual pintor ou artista mais atrai sua atenção no período Renascentista?

Pela genialidade, Leonardo, respondi. Michelangelo... Leonardo, sim. Leonardo Da Vinci. O homem das mil e uma faces. Matemático, músico, cientista, inventor, arquiteto, artista... Uma sumidade!

Sim, mas vamos; fale você sobre Leonardo, professor...

Eu disse que era uma sumidade. O Sr. Concorda?

Concordo. Leonardo era uma figura sui generis. Especial mesmo. Caráter polêmico, difícil convivência, introvertido e muito observador...

O tempo ia longe. As horas avançavam rápido e os relógios marcavam oito horas quando já escurecera lá fora, e nós nem percebemos. Assustei-me e disse que precisava ir para casa. Pierre também levantou-se e gentilmente ofereceu-se para pagar as despesas do café.

Agradeci aceitando mas prometendo fazer o mesmo por ele em ocasião mais próxima.

Despedimo-nos na esperança de nos reencontrar o mais breve possível para continuar nossa frutífera aula de história da arte.

Capítulo 2: No aconchego do lar

Um estranho sentimento de paz e alegria me envolveu e eu me perguntei: será que o mesmo teria acontecido a Pierre?

Dirigi-me para meu apartamento deixando para trás a cumplicidade de um olhar acolhedor, na essência de duas criaturas que se encontram e se entrelaçam amigavelmente, como se já se conhecessem desde tempos passados.

Um rastro de ternura havia banhado nosso encontro. Pierre se fora em direção oposta, mas seu carisma parecia seguir comigo a cada passo novo que dava.

Assim que entrei em minha casa, tratei de tirar logo as sandálias apertadas, despi-me e tomei de uma toalha de banho.

Deveria fazer uma boa toalete, refrescante e rejuvenescedora. Após o banho, hidratei o corpo todo com óleos vegetais especiais e terminei aplicando um creme hidratante à base de aveia por todo o corpo, fazendo uma leve massagem relaxante.

Gostava de ter estes cuidados antes de me deitar para dormir. Terminados meus carinhos, já de pijamas, liguei a televisão em busca de um filme quando o telefone tocou. Atendi e para minha surpresa era uma amiga de longa data que não mais vira fazia muito tempo, identificou-se do outro lado da linha...

Alô!

Alô. Quero falar com Marie.

É Marie que está falando. Quem deseja falar comigo?

Alô Marie, é Monique... Monique, lembra-se de mim?

Oi Monique... Claro que me lembro... Como tem passado?

Estou bem, e você?

Estou muito bem; há quanto tempo, hein!

Sim.

Tem novidades? O que acontece?

Quer ir ver um pouco de dança ladeando o Sena?

Hoje? Agora à noite?

Sim. Agora. Irei para lá... Pensei que seria bom irmos juntas...

Hoje não vai dar. O dia prometeu muito e já me preparei para permanecer em casa. Podemos nos encontrar amanhã...

Que tal às 10h no Louvre? Biblioteca do Louvre. Colocaremos nossos assuntos em ordem e ainda lancharemos por lá.

Podemos sim. Até amanhã então, às 10h.

Sim. Combinado!

Combinado!

Desligamos. O dia foi agitado. Vários acontecimentos diferentes... Confesso que tudo isso me deixou exaurida e eu procurei me recolher o mais rápido possível em meu leito, adormecendo rapidamente.

O dia mal havia clareado e eu já estava acordada de prontidão para um bom banho restaurador seguido de um bom café da manhã.

Como era bom poder lavar os cabelos àquela hora do dia quando o sol mal acabava de espalhar seus primeiros raios de luz sobre a cidade que ainda parecia dormir.

As cerejeiras balouçavam ao sabor do parco vento que as embalava, e elas gratificantes espalhavam seus perfumes pelos monumentos de pedras como a suavizarem a rudeza de suas estruturas intrínsecas. Enquanto me preparava para sair, resolvi fazê-lo ao som de música erudita; ária de ópera para ser mais precisa na interpretação da célebre soprano norte americana Maria Callas. Ela interpretava magistralmente Casta Diva, ária de Norma do compositor italiano Vincenzo Bellini, e eu viajava nos melismas e agudos de sua doce voz.

Ainda em trajes de dormir, preparei meu café, suco de laranja, brioches, ovos mexidos, iogurte e aveia. Era tudo muito saudável e leve. Não

podiam faltar também o leite, a manteiga, o queijo e o doce de goiaba para o final.

Terminado meu desjejum, apressei-me a me vestir e a fazer a toalete final.

Escolhi uma calça jeans e uma blusa de malha na cor rosa; mangas longas. Peguei um cardigan florido, próprio para a ocasião, azul com flores miúdas coloridas. A bolsa, a bota, documentos e um pouco de dinheiro, fora os cartões... Estava pronta... Eram oito e meia quando saí de minha residência, rumo ao Louvre.

Não queria fazer Monique esperar por mim.

Ao chegar ao Museu, vejo que Monique também se aproximava. A mesma beleza de sempre que nutria em seus longos e ruivos cabelos cacheados.

Seus belos olhos cor de violeta emolduravam um rosto alvo como a mais fina das porcelanas francesas. Belo porte, não era tão alta, porém esguia... Trajava um vestido curto pouco acima dos joelhos na cor preta e, usava elegantemente um colar moderno de turquesas azuis que mais lhe adornavam o colo nu.

12

Bolsa tiracolo grande estilo saco no ombro direito e lá vinha minha feliz amiga de tempos passados.

Monique, Monique – aqui disse em voz mais alta e acenando com a mão.

Marie, Marie...

Pensei que não irias me ver.

Tudo bem, Marie? Faz tempo que você chegou?

Poucos minutos antes de você. Quanta elegância!

Você que é muito gentil... Vejo que está muito bem.

Sim, não tenho tido maiores contratempos. Mas vamos para o Museu ao invés da biblioteca. – sugeri. Lá ficaremos mais à vontade e poderemos tomar um suco de laranja depois de uma visita nas galerias, aproveitar para colocarmos nossos assuntos em dia. Afinal, não é sempre que amigas de longa data têm o privilégio de se encontrar em um lugar tão maravilhoso como este, não é?

Sim, é verdade, concordo.

Lá fomos nós para as velhas galerias tão conhecidas nossas de cada dia.

Ficamos diante das mesmas obras que víamos sempre que visitávamos o Museu, mas parecia que a cada dia era algo novo que ainda não tínhamos visto. O inusitado se fazia presente mais uma vez e todos os belos conceitos sobre a arte, os artistas e a vida, caíam por terra cedendo espaços a uma nova dimensão e concepção do mundo e da humanidade.

Terminada a visitação fomos para o restaurante lanchar e matar saudades uma da outra. Encontramos lugar aconchegante em uma mesa e travamos uma conversa:

Monique, me fale sobre Serge. Vocês ainda estão juntos?

Não, não. Separados. Nosso romance durou pouco; ele foi para a Suíça e se casou por lá. Não o vi mais.

Argumentei uma vez que seu caso de amor já nascera acabado, lembra- se? Você até desmereceu o que havia dito.

Mas Serge era difícil. Romântico demais, juízo de menos. Pés e cabeça o tempo todo nas nuvens... Casou-se com uma modelo de carreira próspera, vinte anos mais jovem.

Qual sua idade agora, Monique? Eu estou com 38, e você?

– 36, Marie. 36.

Somos jovens e prontas para a vida.

Conversamos sobre vários assuntos. Monique de formação dramatúrgica confessou-me fazer laboratório para uma nova peça. Deveriam estrear em breve "A Casa de Bernarda Alba" e ela interpretaria Josefa a anciã louca e avó de Bernarda.

Fiquei curiosa com os preparativos do novo personagem e completei que estava desenvolvendo um trabalho plástico, bastante denso por sinal, mas que não tinha perspectiva de exibi-lo tão cedo. Havia feito teatro na Universidade e para Monique eu era um bom papo, visto que conseguia dialogar com ela e seu diálogo não se transformara na fala de um só interlocutor. Podíamos discorrer desde

autores, personagens, até figurinos, cenografia, luzes e etc. Ela se mostrou interessada em ouvir sobre meu projeto de pintura e eu o expus com prazer e entusiasmo, como alguém que precisa ouvir o eco das próprias palavras.

Terminamos nosso encontro e convidei-a para ir ao meu apartamento. Tinha a intenção de presenteá-la com orquídeas brancas, delicada Monique era afeita as singelezas de flores e perfumes, chás e camafeus.

Capítulo 3: Realizando projetos

Os dias que sucederam ao nosso encontro foram bastante prósperos no que concerne à criatividade artística.

Eu mergulhara de cabeça na produção de meu projeto e a pintura de minhas telas evoluía a cada dia para melhor.

Pesquisava os grandes mestres e Monet tanto quanto Odilon Redon eram bastante visitados por mim. Entretanto, enquanto descansava carregava pedras. Para meu sustento diário, fazia pesquisas encomendadas e o dinheiro que recebia por esse trabalho complementava minha renda ministrando atelier de modelo vivo, duas vezes por semana no Espaço de Cultura de um Artista Plástico.

Passaram-se vinte e um dias e eu resolvi que voltaria ao café na esperança de encontrar Pierre. Não

trocamos telefones, nem nos inteiramos do endereço um do outro, mas o acaso poderia ser grande aliado quando do destino nada se espera.

Quem sabe Cupido, esse deus criança não estaria disposto a tecer suas peripécias com os corações mais desavisados...

Lançaria mãos de suas flechas de dentro de seu alforje e as atiraria a esmo, atingindo não tão ao acaso aqueles que desejava capturar em sua teia de amor.

Pelo sim pelo não, lá fui eu, com o coração cheio de esperanças e ansiedade para o que poderia encontrar. Para minha surpresa eis que de longe avistei a figura esguia de Pierre sentado a uma mesa. A mesma mesa onde nos sentáramos quando do nosso primeiro encontro.

Estava mais belo e sedutor que dantes transparecendo a mesma luz com maior intensidade quando falamos sobre a luz teatral em Caravaggio. Discorria com fluidez e elegância e seu discurso era consistente na linguagem e doce, daqueles que dominam com eloquência e sobriedade as dificuldades do verbo.

Passamos horas conversando, assuntos vários e até algumas frivolidades quando resolvemos almoçar.

Estávamos famintos. As curiosidades intelectuais do dia aguçaram nossos apetites.

Pedi uma salada completa com champignons regada a azeite fino e fui acompanhada por Pierre. Vinho branco, salmão e pão italiano em fatias para completar o cardápio.

Desta vez trocamos endereços, telefones e prometemos nos falar para marcarmos um encontro, enfim sairmos à noite para nos divertir. Quis também conhecê-lo melhor, saber com

quem estava me relacionando e o mesmo se deu com ele com relação a minha pessoa.

Precisava voltar para casa. Deixara uma tela esperando por mim. Pintura nova que ainda iria se iniciar.

Expectativa com o desenrolar das novas imagens e cores e tonalidades... Pinceladas... Pierre por sua vez, lecionaria na Universidade naquela noite e suas aulas já estavam preparadas de véspera. Era só chegar e aplicar conhecimentos para mais tarde colher bons frutos junto aos alunos aplicados.

Parecia que o Universo conspirava a nosso favor. Tudo caminhava para o bem. O amor à flor da pele nutria nossos sentimentos mais profundos e nossos corpos correspondiam à medida dos carinhos que eram solicitados para saciarem nossos desejos. Passeávamos muito. Pierre era bom amante. Carinhoso e apaixonado, sabia conquistar uma mulher e fazê-la sentir-se plena e feliz. Sempre que podíamos viajávamos para algumas ilhas do sul da França, mas meu maior sonho residia em

Saint-Tropez. Este lugar exercia sobre mim estranho fascínio. Quando via imagens postadas na Internet de suas praias e mar, dizia para mim mesma que ainda passaria longas férias em suas águas tranquilas.

Expusera minhas intenções a Pierre uma vez e ele prometeu-me uma viagem às ilhas ainda no verão próximo.

Monique telefonara para mim várias vezes. Saímos a passear quando era possível uma folga para nós duas.

Sabia de Pierre, porém ainda não havia feito as devidas introduções entre os dois.

Ela se oferecera para ir uma tarde ao meu apartamento para tomarmos um chá. Achei providencial. Era uma quarta-feira e neste dia especialmente não iria ao Louvre nem me encontraria com Pierre.

Marcamos o encontro e comprei a tal orquídea branca no orquidário do mercado de flores para fazer-lhe uma surpresa. Eu estava feliz, gostava de Monique e sua amizade me fazia bem.

A cidade de Paris

Capítulo 4: Revisitando o passado

Chegara o dia tão esperado do encontro com minha amiga. Estava particularmente bela em um vestido azul que lhe cobria os joelhos descendo até a metade das pernas. Era um tubinho sem alças, mas com mangas bufantes 3/4. Para o pescoço uma bijuteria em osso e pedras de cristal. Pulseiras cor de rosa nos dois pulsos como braceletes em pedra, prata e turquesa. Nos cabelos soltos que desciam como cascata de cachos pelas costas abaixo, arranjo branco de pequenas flores.

A campainha toca. Corro a atender abrindo ansiosamente a porta.

Bom dia Monique. – disse eu

Bom dia Marie.

Achou muito difícil encontrar minha casa?

Entre, fique à vontade.

Achei fácil. Um metrô e um táxi de dez minutos e pronto. Cá estou.

Ponha sua bolsa na estante se preferir.

Aceito um copo de água gelada, por favor.

Sim, providenciarei.

Obrigada. Estes dias quentes fazem com que sintamos mais sede.

É verdade – disse já com o copo de água nas mãos estendido para ela.

Agora estou refeita. Podemos conversar.

Vamos para a cozinha... Gosta de café preto ou com leite? Eu prefiro com leite.

Eu também.

Vou preparar uma boa caneca para começar.

Faça-o sim. É bom estimulante para os ânimos.

Tomamos o café e iniciamos nosso dia com uma longa e animada conversa.

Falamos sobre tudo, trabalho, estudos, sonhos, projetos e amores. Monique mostrou-se interessada em conhecer Pierre e isto me deixou um pouco em desconforto o que procurei disfarçar e o fiz muito bem.

O simples fato de imaginá-lo conhecido por outra mulher e admirado por ela, deixava-me insegura e o ciúme parecia tomar proporções gigantescas em minha alma errante.

Fiz de tudo para controlar as emoções

prometendo apresentá-lo a Monique em momento oportuno. Presenteei-a com as orquídeas e ela agradeceu mostrando-se feliz pela gentileza recebida. Trouxera para mim um mimo. Um camafeu preso a uma fita de veludo preto esculpido em osso de uma figura feminina. Uma verdadeira raridade.

Agradeci comovida, despedimo-nos.

Capítulo 5: O florescer de um amor

A vida seguia seu curso. A paixão e o encantamento por Pierre aumentavam a cada dia. Inventávamos sempre novos folguedos e excursões, piqueniques que tornavam nossa relação mais apimentada e excitante. Entretanto, Pierre em sua docilidade parecia esconder uma tristeza profunda que lhe caía no âmago da escuridão de seu ser.

Às vezes surpreendia-o nestes momentos de intensa reflexão. Queria adentrar seu coração e arrancar de lá toda preocupação, toda tristeza, mas ele dizia fazer parte de todo ser humano estes momentos de melancolia e, quanto a estes argumentos eu não podia relutar.

Pierre mo confessara que sua vida toda fora vivida como celibatário.

Formou-se no seminário do Vaticano tendo por mestres os mais renomados cardeais. Aluno aplicado com louvor em todas as disciplinas; suas preferidas eram a filosofia, as artes e a teologia. A sedução do mundo no entanto falou mais forte e o arrastou para fora das paredes protetoras da Igreja.

Eu de minha vez não entendia muito bem, como um pássaro sem ninho, viera pousar e bater asas no meu coração. A Igreja com sua rigidez ideológica às vezes termina por esmagar suas frágeis ovelhas que não se adéquam ao seu modo implacável de pensar. Com Pierre não fora diferente. Pleno de sonhos e desejos o nosso protagonista sucumbiu fácil aos prazeres que a vida fora dos muros do mosteiro podiam lhe oferecer.

Abandonara o celibato mas com a promessa de retornar quando se fizesse necessário. Ela nunca fechava totalmente as portas aos seus filhos mais amados e isto enchera o coração de segurança e fé na vida, saber-se sempre amparado nos revezes que porventura teria que enfrentar.

Emocionalmente Pierre ainda se mostrava um menino grande.

Embaraçava-se com questões simples mas que lhe exigiam firmeza de espírito e prudência e às vezes se não fosse por uma pequena ajuda de um bom conselho, perdia-se nas atitudes que deveria escolher para melhor solução de seus problemas.

Pierre tinha estranho fetiche por Madonas e seu fraco era especialmente a Virgem e o Menino De Rafael.

Em uma manhã especial em que estava me sentindo muito bela em meu vestido branco de rendas que me deixava com a sensação de leveza das flores, Pierre levantara decidido a sair, mas sozinho. Não me levaria consigo e percebi que necessitava ficar só com suas intimidades.

Amava e respeitava Gèrome, seu progenitor, mas amor de fato, nutria mesmo por Dom Carlo Santoro, Cardeal Italiano do Mosteiro de Saint Michel. Dom Carlo era para Pierre o ídolo de infância de quando o pai o levava até o mosteiro e ele o chamava para oferecer-lhe alguma guloseima. Dom Carlo nutria por Pierre um amor de pai; pai do filho que não tivera e era zeloso para com ele com a mesma força que o hábito o exige.

Eu já o sabia; era dia de festa para ambos. Dom Carlo ainda mantinha um certo vigor e elegância naturais nos seus 77 anos de idade. Italiano, tinha a fácies rosadas e o vinho parecia correr bem em suas veias rígidas. De intelecto apurado e raciocínio rápido e claro, a verdade era sua máxima verdadeira, mas o amor aos homens era a mola mestra de sua conduta na vida.

O silêncio do mosteiro ajudara-o a cultivar a prudência, a compaixão e a misericórdia. Porém, a astúcia era o fruto de uma perspicácia desenvolvida ao longo dos anos de celibato no convívio do confessionário e com Pierre não fora diferente.

Seu Mestre, pai espiritual e confessor achava-se na obrigação de puxar-lhe as rédeas frouxas quando elas o levavam a trilhar os caminhos tortos...

Zeloso, Dom Carlo esperava por Pierre sabendo de antemão coisas que nem mesmo ele sabia que o velho monge conhecia. Dom Carlo tinha seus conhecimentos secretos e agentes secretos também.

Pierre nem desconfiava que era vigiado em todos os seus passos e pensamentos para não sucumbir ao pecado da luxúria e ir parar na prisão.

Capítulo 6: No Mosteiro

O encontro dos dois se dera em meio a abraços saudosos como sempre. Pierre contara para mim como tudo sucedera após seu retorno do mosteiro. Sempre voltava revigorado desses encontros milagrosos com o velho cardeal. A amizade, o carinho, a dedicação e o amor devotados a ele por Dom Carlo lhe faziam muito bem...

Dentro das paredes velhas e frias da construção medieval, Pierre submeteu- se ao crivo do confessionário de Dom Carlo:

Padre, quero confessar meus pecados. Fazer mea culpa.

O que o filho tem para me contar para pedir o perdão do altíssimo?

Estou envolvido em uma transação perigosa sobre um roubo de uma famosa obra de arte. Mas veja, pai, eu

não vou roubar. Apenas fornecerei informações do andamento administrativo do Museu onde a mesma se encontra para facilitar a operação. Não ganharei nada com isto.

Por que se envolve em algo tão perigoso?

Prazer pai, prazer.

Luxúria, digo eu. Ter o ego satisfeito pelo poder saciado. Não se cansa de envolver em confusões, meu filho? Tudo para provar a si mesmo que é capaz. Esta rebeldia ainda vai acabar mal.

A prudência e a temperança são grandes virtudes e devem nortear a vida dos homens de bem.

Pierre... reflita e abandone a pior causa. Não deixe que a luxúria e a vaidade o arraste em seus sórdidos labirintos de onde não há mais volta.

Não sei o que fazer, padre.

Reze meu filho; reze muito para vencer a tentação e procure usar o raciocínio lógico. Verá então que nada vale a pena mais do que levar uma vida digna e saudável. Sem maiores tropeços.

Também por luxúria abandonei os hábitos e me tornei leigo. Agora estou prestes a cometer um pecado ainda maior, o de cúmplice de um roubo.

Reflita antes de continuar com esta loucura e como penitência tenha uma semana de abstinência e oração em uma sela que reservei para você. Ali, na solidão terá todo o tempo do mundo para clarear as ideias. Pode me chamar se precisar.

Pierre reconfortara-se no aconchego do ninho oferecido por Dom Carlo. Ganhara até um belo presente do velho padre, Dom Carlo mandara vir especialmente de Roma para ele, uma camisa de seda pura das melhores alfaiatarias na cor azul ciano. Era um presente de pai para filho que lhe caíra muito bem. Agradecido retribuíra com um bom vinho francês.

Hora de partir e as despedidas sempre chorosas de ambos os lados, mas as promessas dos retornos breves.

Capítulo 7: No cotidiano

Os negócios da família de Pierre, principalmente a Galeria, iam muito bem.

Era de Arte Contemporânea engajada e eu não tive muita dificuldade de pertencer ao acervo artístico. A seleção de artistas no entanto era rígida e a palavra final era sim de Pierre. Entendedor de mercado de Arte, promovia também os leilões que aconteciam mensalmente. A captação de obras ficava por conta de seu pai.

Eu por minha vez, ousava não opinar. Não queria parecer intrusa. Pierre dificilmente pedia minha opinião e eu o deixava à vontade para agir assim.

A Galeria às vezes promovia em seus leilões, exposições de estilos variados e não só obras contemporâneas participavam do feito. Obras clássicas renomadas de artistas renomados

desde que devidamente inscritas, disputavam de igual para igual do interesse do público no lote onde estavam inseridas. Vinte por cento de cada transação era da Galeria e quando o acordo era fechado, a porcentagem já ficava na casa.

Uma boa equipe de funcionários subordinados a Gèrome, pai de Pierre, trabalhava para que tudo saísse a contento. Havia sido marcado um leilão para o mês de junho exatamente no dia dez. A elite das elites, intelectuais, empresários, galeristas, artistas, e até socialites e príncipes frequentaram o evento que foi coroado por um belo coctail à moda dos franceses. Uma gravura de Rembrandt fora leiloada por um bom preço e uma tela de Van Gogh fora adquirida por comprador silencioso.

O trabalho era intenso, mas prazeroso. O fim da festa, o balanço geral era ainda melhor. Um trabalho fantástico de museologia documental era desenvolvido com agilidade e precisão, logística e seriedade pela equipe da galeria e logo os compradores receberiam suas obras em suas casas.

A fortuna abria-se para a família de Pierre. A prosperidade era uma realidade em suas vidas. Parecia que tudo em que ele tocava virava imediatamente ouro.

Eu podia usufruir das benesses que o conforto de uma boa vida podia me oferecer.

Certa manhã, quando ainda estava tomando meu desjejum e me preparando para me dirigir às aulas do atelier de modelo vivo, eis que batem à porta do meu apartamento.

Estranhei não terem tocado a campainha e esse modo de chamarem a atenção me lembrou a única pessoa que assim procedia, minha mãe. Fui atender e para minha surpresa era realmente ela.

Mamãe – gritei. Que coisa boa.

Minha filha... minha querida Marie, que saudades!!!

Abraçamo-nos num forte abraço e longos beijos selaram nosso encontro.

Mas entre. Vamos, me dê sua bagagem. A que horas chegou na rodoviária? Devia ter me avisado e eu iria buscá-la, afinal Bordeaux nem é tão longe. Ajudaria com as malas...

Não se preocupe, Marie. Posso ficar em um hotel.

Não – argumentei. Ficará em minha casa; minha companhia, Dona Madelaine, a não ser que não queira. Meu apartamento é grande o suficiente para abrigá-la, mamãe.

Venha para a mesa ter seu desjejum também. Comunicarei ao atelier que não irei hoje, assim eles chamam a professora suplente que deverá me substituir...

Seu desjejum é completo filha. Vejo que passa bem.

Não posso me queixar não. Passo bem sim e ainda tenho uma boa reserva nos bancos. Este apartamento, algumas joias, obras de arte. Sei me virar...

Quando terminar de lanchar vai querer tomar um banho relaxante, trocar de roupa e dormir um pouco para descansar da viagem. Depois conversaremos mais e lhe contarei tudo. Prometo.

Sim filha, faça isto.

Com certeza o farei.

Madelaine... seu nome era Madelaine. Senhora de seus 63 anos, belo porte, Madelaine trazia em si traços da aristocracia francesa que herdara de seu pai, o velho Alphonse. Lábios finos, nariz afinado, olhos azuis, pele clara e rosada. Historiadora, havia trabalhado engrossando a equipe do Louvre na área de documentação de pesquisa dos serviços de conservação e restauro, do acervo artístico do Museu.

Tinha certeza de que ela gostaria de conhecer Pierre. Esperei que dormisse o tempo que precisasse para descansar bem da viagem. Quando acordou já se fazia tarde. Lá pelas quatro horas.

Então pudemos conversar e colocar os assuntos em dia. Ela, como toda mãe curiosa por saber as novidades da filha, absorvia tudo com muito entusiasmo e carinho. Maior carinho devotou ainda quando lhe falei de Pierre mostrando-se interessada em conhecê-lo logo.

Para aquela noite preparei um jantar leve. Purê de batatas, frango grelhado e salada gelada de frutas sortidas que havia comprado no supermercado.

Creme Caramel para completar. Madeleine ficou feliz, assistimos um bom filme e a seguir nos recolhemos para dormir.

Ao desfazer as malas, mamãe destacara um belo pijama em cetim amarelo ocre que lhe ornava muito bem. Presenteara-me com uma bela camisola de seda pura toda rendada na tonalidade rosa seco. Uma magnífica peça que quis deixar para o meu enxoval, mas mamãe me disse que para tal dar-me-ia outras de presente. Queria ver-me vestida já naquela noite a rigor.

Entre sedas e cetins dormimos o sono dos anjos e acordamos felizes no outro dia, descansadas e refeitas para mais um dia de lutas e glórias.

Telefonei logo cedo para Pierre

pondo-o a par do acontecido. Ele ficou feliz e quis conhecer logo mamãe.

Disse que sairíamos a passear e poderíamos nos encontrar no restaurante do Louvre para um almoço a três. Aproveitaria para apresentá-la.

Tudo acertado para nosso encontro, fomos primeiro às compras.

Madelaine gostava de perfumes e eu também. Nos presenteamos uma

à outra e ela logo se lembrou de um souvenir para Pierre. Uma gravata de seda lilás. Achou que o deixaria elegante. Quando nos encontramos às duas horas da tarde no Museu, para sua surpresa, ele lhe trazia um buquê de rosas vermelhas, as mais belas rosas então por mim já vistas. Ela maravilhou-se e eu também.

Almoçamos e fomos para o meu apartamento terminar a tarde juntos.

Que estranha magia guardava em sua aura aquela jovem senhora que a todos cativava com sua placidez e ternura, dom daqueles que cultivam a paz e o bem viver. Madelaine era assim. Um exemplo de candura que me inspirava e fazia desejar ser como ela, admirá-la e venerá-la a cada dia.

Não muito longe dali uma quadrilha internacional de ladrões qualificados, encabeçada por um grande mafioso estava a serviço de um sheik

das Arábias tramando roubar a bela obra, a Virgem com o Menino de Rafael, uma das mais belas madonas que se tem notícia e que se encontrava exposta no Museu Norton Simon em Pasadena, Califórnia, USA.

Capítulo 8: No limiar da loucura

O Sheik Samir Abdulah encomendara o roubo para a quadrilha e pagaria o valor combinado em barras de ouro, tamanho era o seu desejo de tê-la em sua coleção. A quadrilha formada por quatro homens, Jean, August, Alan, George tendo como líder Jean tratou de entrar em contato com Pierre por sua vez, muito vaidoso pela sua inteligência e capacidade de gerenciar problemas, não hesitou em se encontrar com Jean e tratar dos assuntos pertinentes ao roubo, e qual seria sua participação no evento.

Claro que ele não roubaria, sua consciência cristã não o permitiria, mas ele poderia sim fornecer algumas informações sobre o comportamento

administrativo do Museu onde a obra se encontrava exposta.

Para isto, deveria visitar o local vários dias da semana para se inteirar do cotidiano dos serviços oferecidos ao público e do que o prédio podia oferecer, como equipamento de segurança contra incêndio, alarmes, troca de guardas de segurança e outros afazeres; horário de abertura, de fechamento, almoço, etc...

Era tudo muito sigiloso e corria como um segredo de sete chaves.

Eu não sabia de nada. Era completamente alheia ao assunto. Para mim eram apenas assuntos de negócios de Pierre que não deveria saber.

Em uma tarde, eu e mamãe descansávamos folheando algumas revistas de moda quando Monique apareceu. Nos fez uma agradável

31

surpresa trazendo consigo bombons variados com licores. Eram mimos que ela fazia questão de ofertar, pois era delicada e gentil. Foi seu primeiro encontro com Madelaine, mas parecia que já se conheciam há anos. Havia entre as duas uma intimidade, uma empatia, uma generosidade própria das almas gêmeas que se querem bem. Logo éramos três cúmplices nos mais variados tipos de assuntos, desde os do intelecto aos delicados envolvendo os dos corações.

Convidei-as para o lanche habitual da tarde. Eram então quatro e meia quando preparei a mesa para o café.

Suco, chocolates, leite, brioches, torradas, manteiga, geleias de frutas e outras guloseimas tais como iogurte, flocos, aveia e nozes.

Nos alimentamos, falamos bastante e eu ofereci hospedagem a Monique que aceitou de bom grado dormir em

minha casa. Ela ficaria no sofá da sala que era bem grande.

Assistimos um bom filme, primeiro após o nosso jantar que conteve salada completa, salmão e um bom vinho francês para acompanhar. Pierre não deixava o bar esvaziar. Sempre que podia, refazia o estoque de vinho cada um com a safra mais antiga e rara do que a anterior. Era um bom degustador.

Amávamos um ao outro cada vez mais e nossos encontros passaram a ser nos hotéis para não expor nossas intimidades. Mamãe que viera para ficar apenas por alguns dias, aboletara-se em minha casa, já havia dois meses. Monique também passara a frequentar mais amiúde nossas reuniões. Éramos felizes. Eu já me acostumara a tê-las por perto e esta situação me agradava bastante e era confortável para todos nós.

Só Pierre andava tenso, preocupado e por mais que tentasse disfarçar eu conseguia senti-lo nos mínimos gestos de carinhos que trocávamos nos momentos em que estávamos sós.

Mamãe tinha o hábito de se dirigir à Catedral de Notre Dame todas as tardes após nosso almoço. Ia rezar, unir-se aos anjos para interceder pelas mãezinhas da terra em favor delas e de seus filhinhos; dizia que o coro angelical podia ser ouvido enquanto suas preces e suas velas iluminavam mais ainda os pés da Santa daquele espaço mágico. Confiava seus segredos à mãe de todos nós e a via sorrir com a face complacente própria dos que já galgaram a luz.

O que Madelaine não imaginava e nem eu, era que ela era observada o tempo todo em seus mínimos gestos. Não muito longe dali, dois homens suspeitos a seguiam em todos os seus passos ordenados por Jean que exigiria deles um relatório minucioso de onde ela estivera; hora de saída e chegada, com quem falara, etc. e etc.

Chegado o tempo de mamãe ir embora. A tristeza tomou conta de nós. Já estávamos acostumados a ela, mas era preciso que fosse e o momento da partida chegou. De malas prontas, numa manhã de sexta-feira, após o desjejum, lá se foi Dona Madelaine com promessas de retornar em breve, entre choros, muitas lágrimas e soluços.

Durante semanas meu apartamento tornara-se grande demais para mim e os dias intermináveis. Onde se encontrava a doçura de dias atrás? À noite, com Pierre era difícil não falarmos sobre o vazio que ela deixara em nossas vidas.

Os telefonemas e os encontros nas vídeo câmeras das internets passaram a ser uma constante para nós. Ainda

bem que a comunicação fácil graças a um avanço da tecnologia facilita em tudo a vida do cidadão comum.

Os dias foram passando e a conformação psicológica foi tomando seu lugar. Pierre fez a viagem para Pasadena, USA, alegando ser uma viagem de negócios que se resolveria em uma semana. Esse foi o tempo suficiente para pôr seu plano de bisbilhoteiro em prática. Quando voltou já estava menos tenso, talvez porque já havia resolvido parte da missão que lhe cabia.

Ilhas Saint Tropez

Capítulo 9: A proximidade do verão

O verão se aproximava e com ele, a estação do sol, calor e liberdade maior para se vestir.

Perguntei a Pierre se ainda podia sonhar com as ilhas Saint Tropez e ele me disse que iria verificar tudo com um agenciador de viagens, para que tivéssemos as melhores férias em nossas vidas. Fique preparada amanhã, disse-me ele, e iremos juntos verificar isto.

Amanhecendo o dia lá fomos nós em busca da agência de viagens conceituada em busca de um bom e conceituado agenciador. Assim que adentramos à loja fomos abordados por um jovem senhor trajado elegantemente. Em um terno azul marinho, camisa na cor rosa chá, de seda e gravata cinza claro também em

seda que nos sorriu delicadamente oferecendo seus serviços.

Tudo combinava perfeitamente e os vários pacotes que nos apresentou eram uns mais tentadores do que os outros, até que optamos por um que nos deixaria descansar no hotel cinco estrelas, situado em uma colina; suíte de casal com banheiro particular preparado para hidromassagens, sauna, restaurante, gourmet L'acacia, cozinha da região sul com ampla carta de vinhos e especiarias finas. Possuía salão de jogos, piscina, entre outras diversões e um grande salão de festas, galeria de arte. Ficaríamos ali por um mês apreciando sua vista panorâmica da Baía de Saint – Tropez, dos

Vinhedos de Ramatulle e das praias de Pampelonne.

Saímos felizes da agência e já começara a sonhar com a viagem. Os preparativos eram muitos e tínhamos vinte dias para nos aprontar para as férias.

Iríamos às compras no dia seguinte e aproveitaria a generosidade de Pierre para comprar vestidos de noite, maiôs e acessórios. Deveria optar por sapatos e bolsas de mão para completar o look.

O entusiasmo era grande, a cada objeto novo que era adquirido e o calor da alegria percorria meu corpo que se sentia corar cada vez que me via diante do espelho do provador, com um vestido novo aguardando a aprovação de Pierre. Ouvi-lo dizer, ou simplesmente acenar com a cabeça ou o olhar, positivamente, enchiam-me de confiança e faziam-me sentir bela e bem.

Contávamos os dias e empreendi uma leve dieta à base de alimentação leve e exercícios físicos para manter a forma. Deveria estar bem para não ter contratempos com a balança. Quem será que iríamos encontrar na ilha? Ouvira dizer das celebridades que frequentavam por lá... Bem, mas de qualquer maneira, fosse quem fosse estávamos preparados para conhecê-los.

Faltando duas semanas para o embarque, fiz minhas bagagens e agendei cabelo e toalete para um dia antes de partirmos. Procurei nos melhores cabeleireiros e o serviço seria simples. Uma boa lavagem com tintura, massagem e escovação.

Levaria também meus cremes hidratantes pois já me acostumara a eles.

Pierre tratou de preparar suas malas também; pusemos o melhor dos melhores checando tudo para ver se não faltava nada. Estávamos ansiosos como dois adolescentes em seu primeiro evento grandioso. O fato de irmos juntos sem mais ninguém em nossa companhia soava como pecado, coisa escondida, e o sabor da maçã era ainda mais doce. O fruto proibido tornava-se cada vez mais desejável.

Chegada a hora da partida, malas no carro, apenas as que couberam; as outras, despachamos pela transportadora uma semana antes de partirmos.

O verão esquentava a cidade e os parisienses adoravam. O sol beijava tudo e encantava os olhos da criança que teimava em pegar seus raios que atravessavam as folhas das árvores que adornavam a paisagem.

Toda esta beleza ficaria guardada em nossas lembranças por um tempo e em nossos corações. Desfrutaríamos agora de outros belos momentos que deveriam marcar também nossas vidas. Quando chegamos ao hotel, nas ilhas fomos recebidos por funcionário que tratou de retirar nossas bagagens do carro e levá-las para a suíte. Fomos informados pelo recepcionista que as malas que viriam pela transportadora já haviam chegado e que elas já se encontravam em nosso quarto.

Pierre assinou o livro de registros e pegou as chaves. Subimos felizes para verificar nosso novo aposento por ora. Conferimos as bagagens e começamos a fazer os armários que ficaram prontos em pouco menos de duas horas. Eu guardei meus vestuários e Pierre os dele. Os demais objetos fomos arrumando aos poucos; tomamos um belo banho e nos preparamos a rigor para o jantar que seria servido às oito horas no restaurante. Vesti-me com um longo azul marinho sem costas e sem alças, preso ao pescoço, uma bela sandália de tiras finas em couro dourada e a carteira pequena de mão também em couro dourada. Pierre trajou terno marinho, camisa em seda verde água e gravata champanhe de seda, abotoaduras douradas, sapatos de couro fino preto. Formávamos um belo casal.

Quando descemos já havia alguns casais em suas mesas. Os lugares eram previamente reservados pelo hotel e procuramos então nosso local. A noite prometia; o garçom se aproximara e oferecera seus serviços que aceitamos de prontidão. A entrada com vinho e crustáceos, arroz com frutos do mar... Não podia faltar o champanhe seguido de sobremesas finas e deliciosas. Ao terminar, passamos do salão de jantar para o salão de festas. Ali a música não parava. Era música ao vivo da melhor qualidade e o baile já havia começado.

Pierre era um bom par e ávido de festejos, logo me tirou para dançarmos. Era uma música que sugeria movimentos frenéticos e sensuais e por mais que me chacoalhasse, mais meu corpo pedia movimento. Gastava toda energia contida, armazenada como uma fera enrustida pronta para dar o bote.

Os pares revezavam-se e a oportunidade para fazermos novos amigos surgira rapidamente. Pessoas interessantes, artistas, atrizes de cinema, cineastas e diretores, magnatas, colecionadores e até um casal real se encontravam em veraneio nas ilhas por ocasião de nossas férias. Eu estava encantada com o glamour e com Pierre que me surpreendia todos os dias. Dançamos até quase amanhecer o dia quando nos despedimos dos amigos e fomos para o nosso aconchego em nosso quarto de dormir.

Dormi um sono angelical e se sonhei, não o sei pois não retive memória alguma de nenhuma imagem da qual pudesse me recordar. O dia surgira e os primeiros raios de sol teimavam em invadir a varanda da suíte iluminando aos poucos o nosso quarto através da

cortina que encobria a porta entreaberta. Levantamos e nos banhamos fazendo rapidamente a toalete. Soubemos de um serviço de transfer oferecido pelo hotel e resolvemos experimentar para conhecer as ilhas e travar maiores conhecimentos com outros membros do grupo. Tomamos um rápido café e nos unimos a ele; a animação era grande, os empresários americanos bastante falantes com suas camisas coloridas, seus óculos escuros, suas bermudas, câmeras; famílias de orientais com sua elegância oriental. Divertimo-nos muito naquelas águas imensas. De quando em quando aportávamos na praia para descansar e absorver tudo de bom que a paisagem nos oferecia.

Ficamos ali por horas, até que às duas da tarde nos reunimos todos novamente no transfer para retornar ao hotel. Era de interesse nosso nos aproximar da realeza para os negócios

empresariais de Pierre, afinal deveriam ser bons consumidores de obras de arte e antiguidades. Depois de um rápido lanche no hotel, pois não tivemos apetite para almoço, fomos para o quarto onde o apetite de Pierre era bem outro. Bom amante aproximou-se de mim e nossos corpos entrelaçaram-se numa forte busca um do outro. Os beijos não conseguiam conter a volúpia de nossos desejos e nosso amor inundou as paredes silenciosas daquele ambiente sombrio e acolhedor.

Roupas espalhadas, jogadas ao léu, pelos cantos e dormimos ao calor dos raios de sol que penetravam pelas frestas da janela. Quando acordamos nossos corpos que guardavam o calor da praia, o calor do amor, o calor do pulsar do sangue em nossas veias já nos abandonara e um leve frescor tomara conta de nós.

O sol já se pusera lá fora e a noite chegara. Era hora do jantar.

Preparamo-nos e descemos para o restaurante onde para nossa surpresa fomos agraciados com um champanhe ofertado a nós por sua Alteza Real.

Agradecemos a gentileza e Pierre escolheu o melhor vinho para retribuir-lhe o mimo. Os dois trocaram alguns cartões com mensagens e convites de encontros no salão de festas para se conhecerem melhor. Era do interesse de ambos aquele conhecimento e eu podia usufruir as benesses dessa nova amizade.

Os dias se passavam e fizemos das tardes uma constante de nossos encontros amorosos. Nosso quarto transformou-se no nosso templo de amor. Nossos corpos cansados, mas cheios de desejos dormiam um no outro e a cada investida Pierre balbuciava palavras que eram verdadeiros poemas cantando a beleza do amor em meu frágil ser. Dizia ele que eu era templo vivo de Afrodite, trazia em mim o frescor das flores do campo e o perfume suave dos jasmineiros em flor. Minhas curvas sinuosas eram como as montanhas de Vesúvio e meus lábios macios como o toque das pétalas das rosas vermelhas de carmim aveludadas. Nosso ritual se prolongava com primícias de carinho o que me completava sempre.

A compra de souvenirs fazia parte do turismo. Tinha gosto por acessórios e um perfume e creme a mais não prejudicariam o bolso de ninguém. Fiz um pequeno gasto acompanhada de Pierre. O dia do nosso retorno se aproximava.

Havia fotografado bastante paisagens locais e tinha intenções de promover uma exposição fotográfica sobre os meus registros fotográficos das ilhas, assim que retornássemos.

Muitos dos novos amigos partiram primeiro que nós, deixando impressos nos cartões de telefones as saudades de dias felizes e promessas de breves retornos e reencontros. Um desses casais foi sem dúvida nenhuma o da realeza. Eles, porém, estenderam o convite para visitarmos o palácio real.

Pouco a pouco eu preparava meu espírito para voltar à Paris e retomar meu cotidiano. Sabia que restariam belas lembranças e a consciência de que visitadas uma vez, as ilhas passariam agora a fazer parte integrante de nossas predileções em próximas tournès pelas viagens que porventura viríamos a empreender. Uma porta se abrira, uma luz se acendera. Nada mais era segredo velado às nossas conquistas e já não era mais proibido sonhar com o belo, com o bem.

Como de costume em outras viagens, fomos deixando todas as coisas mais ou menos no jeito de serem guardadas novamente nas malas. As que sabíamos que não usaríamos mais voltavam imediatamente para seus lugares. Com isto não corríamos o risco de deixar nada perdido para trás no momento de partirmos.

Eu checava a lista a cada peça que guardávamos. Isto nos deixava alegres e tranquilos. Poder contar com um mínimo de logística operacional em um simples ato de viajar pode parecer exagero, mas no fundo é essencial e até necessário. Isto se chama organização e seus frutos positivos aliviam dores de cabeça futuras.

Capítulo 10: O retorno a Paris

C hegou o dia do nosso retorno. Pierre já havia despachado pela mesma transportadora que trouxera as malas, as mesmas de volta para Paris.

Verificou com antecedência o carro, gasolina, mecânica... tudo em ordem; fechamos a suíte, entregamos a chave e nos despedimos sem olhar para trás na iminência de breve retorno.

Chegando em nosso destino, ao abrirmos a porta de nosso apartamento, corri para escancarar também todas as portas e janelas e cortinas para deixar entrar a claridade da luz que vinha de fora. O odor de casa fechada era forte e a ventilação ajudaria a dissipar esse dissabor.

Caímos deliberadamente sem sapatos nos sofás para um breve descanso antes do banho. Sentíamos fome e vontade de um cafezinho fresquinho, mas o cansaço nos vencera e acabamos por dormir ali mesmo por mais ou menos uma hora, ainda vestidos, do jeito que chegamos.

Fui a primeira a acordar; corri a aprontar um café forte e encomendar uns brioches e queijo para um breve lanche enquanto Pierre dormia um pouco mais. Não tínhamos alimentos de reserva, pois cuidamos de deixar apenas enlatados que não se estragariam durante nosso período de ausência.

Encomendei também o jantar para dois. Era um Buffet leve com salada completa e frango acompanhados de doces finos como sobremesa.

Longe dali, nas Américas, o Museu Norton Simon preparava-se para curar uma grande e importante exposição sobre os Renascentistas. A obra de Rafael da coleção do Museu também figuraria entre os trabalhos escolhidos.

Iriam peças de outros países por empréstimo, joias raras como Da Vinci, Miguel'Ângelo comporiam a tríade mais famosa do período conjuntamente com Rafael. O curador da mostra era minucioso, atento aos mínimos detalhes de história, museologia e museografia.

Companhias de Seguro foram consultadas e a que melhor oferecia seus serviços de cobertura prego a prego foi contratada; cobrindo toda sorte de sinistros, desde roubo, incêndio, catástrofes de toda sorte. As obras voariam pela melhor companhia aérea e a melhor transportadora cuidaria da embalagem de cada peça. Um acompanhante conservador acompanharia o translado delas.

Pierre estava em paz. O que lhe coubera fazer para Jean, já havia feito, não devia se envolver mais. Os trabalhos na Galeria intensificaram-se bastante com a proximidade do final do ano. As pessoas compravam mais e as classes mais abastadas presenteavam bem, com belas reproduções fotográficas adquiridas em leilões abertos pela casa.

As aulas não eram prejudicadas em nada e para lá se dirigia ele em todas as noites em que era solicitado.

Amava o ofício e o fazia com graça e carinho.

Penso que ele nunca conseguiu avaliar a extensão e a gravidade do ato por ele praticado. Como um menino que ama um doce que está na vitrine e só vê seu estômago que o deseja, e a ponto de quebrar a vitrine para roubá-lo, sair correndo e comê-lo escondido, longe de todos com gula, até saciar-se.

Era algo visceral sim e Pierre não conseguiu se controlar.

Capítulo 11: A vigilância da lei

Um aparato de segurança da FBI estava atento sempre para atender eventos de tamanha complexidade e importância como o caso da exposição de Pasadena. Pouco a pouco o efetivo foi se informando das intenções do roubo da obra por volta da exposição no outono do ano seguinte a este em que estou narrando.

Os detetives começaram a agir na surdina, com eficácia e lógica apuradas para chegarem aos principais chefes e cabeças do plano.

Por mais que o bando sufragasse suas sórdidas atitudes e intenções, os olhos de lince do efetivo policial era arguto e por demais eficaz.

Os trabalhos para uma exposição de arte eram intensos e envolviam uma superestrutura operacional, desde pesquisa até quem colocaria os eles nas paredes e espalharia as bases pelas salas expositivas, cuidariam das instalações e projeções de vídeos, etc. etc. sem falar nas documentações museológicas, fotográficas e de conservação que envolviam uma grande equipe de contratados, e mobilizava também quase todo o efetivo do museu.

Capítulo 12: A estratégia santa

Enquanto tudo isto acontecia, Dom Carlo em seu mosteiro entre rezas e atitudes, convocara cinco de seus monges mais inteligentes para deixá- los a par da missão que lhes confiaria a partir de então.

Segredos de confissão não podiam ser revelados nunca em nenhuma hipótese, e o de Pierre estava guardado a sete chaves. No entanto, situação delicada tratava-se do resgate físico e moral de seu filho de coração Pierre, e ele precisava salvá-lo a qualquer preço.

Uma reunião fora marcada e Dom Carlo deixou-os a par apenas do que deveriam fazer para resgatar Pierre das mãos da polícia ou FBI. Deveriam chegar antes no local onde Pierre estaria, que era sua casa. Ele não

deveria saber de nada, pois até então de nada desconfiava. Deveria ser levado são e salvo para o mosteiro. A Igreja e Nossa Senhora acolheriam novamente seu filho e lhe dariam guarida, guardando-o em seu ninho de amor, acalentando-o e fazendo-o ninar como um pequenino, enlaçando-o em seus braços maternais.

Os monges entenderam logo tudo e guardaram o silêncio que a causa pedia.

Pierre por sua vez fora visitar Dom Carlo novamente, em sua inocência e contar as maravilhas de nossa viagem.

Dom Carlo com olhos de lince no trato humano, jamais deixaria que sua afeição extremada por Pierre o enganasse, quando se tratava da busca da verdade. Se Pierre o procurara, deveria abrir seu coração ao velho lobo das sombras.

Mamãe continuava com sua vida e cheia de paz no seu lar. A paz a quem é de paz poderia ser um jargão próprio para ser aplicado à Madelaine.

Quando de sua estadia em minha casa, conheceu Gèrome, pai de Pierre e ele se encantou por ela. De suas investidas amorosas o pobre senhor só obteve escusas. Os galanteios, flores e convites para jantar, dançar ficavam sempre relegados a um segundo plano por parte dela.

Madelaine enviuvara em tenra idade quando eu ainda contava com dois anos . Lembro-me do dia funesto do enterro de meu progenitor. Ela chorava muito e eu queria seu colo a todo querer, mas era impossível para ela me dar atenção e eu fora retirada de sua presença por uma senhora muito amiga sua. Promessas de balas e doces para cessar meu espanto ante aquela cena triste que a minha pouca idade se recusava a entender e aceitar.

Papai era comerciante, filho de libaneses e se apaixonara por mamãe à primeira vista aos 35 anos quando ela contava com suas vinte primaveras.

Dono de saúde invejável, cobriu-a de mimos enquanto pôde.

Os melhores vestidos, joias, sapatos finos, bela casa em Bordeaux e tudo o que o dinheiro farto pode adquirir ele adquiria para ela, para fazê-la feliz.

Quando nasci, deu-lhe uma aliança de brilhantes e ouro que selaria o amor entre os dois mais uma vez.

Eu era tratada como uma pequena princesa, coberta de sedas e voal suíço para os mais belos trajes infantis femininos que já se vira.

Na festa do meu batizado, mamãe contava que mandara fazer uma camisola comprida rendada de seda pura, touca e sapatos brancos para adornar-me. Meus padrinhos, os irmãos de mamãe deram-me de presente uma bela boneca que emitia sons de choro e uma polpuda conta bancária.

Esta conta me acompanha até hoje e seus rendimentos são por mim conferidos todos os meses religiosamente. Hoje detenho outros investimentos mais rentáveis, mas foi com esta poupança que iniciei minha incursão no mundo financeiro.

Papai falecera após sofrer um infarto fulminante que o levara para longe de nós. Fora uma perda irreparável e meu mundo desmoronara.

Para mamãe era o início de uma grande noite. A treva que se abatera sobre nós levara muito tempo para se dissipar. Madelaine fora fiel ao amor devotado a papai e guardara no coração por vários longos anos.

Penso que ela não esperava mais nada da vida no campo amoroso até conhecer Gèrome. Esta descoberta de um novo amor, uma nova possibilidade enchera-a de vida e o vigor dos seus anos novamente brotaram em seu coração.

Ela que tanta desilusão sofrera poderia agora sorrir livremente.

A polícia americana também fora notificada de uma possível ação internacional por parte de gangue especializada para sufragar o roubo da tão ambicionada obra de arte, no dia da abertura da exposição.

Enquanto isto no Departamento de Polícia...

Bom dia delegado Robert.

Bom dia Paul. Como estão indo as investigações de Pasadena?

Tenho um fato novo. Os meliantes planejam sair com a obra num jato particular do Sheik.

Quem comandará a operação?

Jean comandará tudo. Aliás, tudo já está previamente arquitetado.

A que horas pretendem roubar a peça?

Na madrugada... Às duas horas da madrugada para ser mais preciso.

O jato com a obra seguirá para onde?

Para um lugar não muito distante dos Estados Unidos, num primeiro momento. Em seguida, seguirá para as Arábias ao encontro do Sheik.

Vamos surpreendê-los então, Paul.

Sim Bob, surpreenderemos a todos e o Sheik ficará a ver navios... Terá seu sonho malogrado por nós e pelos agentes do FBI.

Por falar nisto, mantenha-me sempre informado sobre nossos amigos do Bureaux Internacional

A tempo chefe.

Capítulo 13: O retorno de Madelaine ao nosso convívio

Madelaine se preparava para me visitar novamente. Monique estava em temporada com sua personagem na peça de Lorca e nós, eu Pierre, fomos assistir e prestigiá-la em uma noite de muitas estrelas no céu e firmamento azul profundo.

Monique era excelente no palco e sua performance fora muito bem interpretada por ela.

Quando a temporada acabasse, deveriam descansar para depois talvez, exibirem a mesma obra em outras cidades ou mesmo outros países.

Madelaine voltaria a me visitar novamente no inverno por época do Natal. Nossos natais eram primorosos, casa enfeitada, Buffet encomendado, alguns amigos e família. Presentes e reflexões profundas pautavam nossos dias que antecediam o grande momento de comemorarmos o nascimento do Messias Salvador. Eu sentia nesta época um misto de languidez e alegria. Minhas esperanças na vida e na vitória ficavam ainda mais evidenciadas. Pedi à minha mãe que viesse ter conosco antes mesmo do mês natalino e, ela veio em outubro com três meses de prazo.

Queria fazer compras de alguns presentes e ajudávamos também uma Instituição Filantrópica para menores de idade, por meio de Dom Carlo.

Enquanto me trocava para sair, a campainha toca. Era mamãe com o melhor sorriso do mundo olhando para mim, aguardando o tão esperado abraço e ósculo em suas faces coradas.

Fi-la entrar, deixei que se servisse de café, leite e brioches e saí para o meu

compromisso, prometendo-lhe voltar à casa imediatamente após o término da aula para almoçarmos, e conversar sobre as providências do nosso natal.

Visitaríamos a fábrica de brinquedos como o fazíamos todos os anos.

Haveria farta distribuição dos mesmos às famílias cadastradas pelas Igrejas e Paróquias. Estas listas eram remetidas a Dom Carlo que, com muito amor, carinho e sapiência repartia os donativos às famílias mais carentes.

Filha, não demora.

Não demorarei mamãe.

Depois do desjejum devo descansar um pouco.

Fique à vontade querida.

Pode ir... ficarei bem...

Pode me ligar se precisar, viu! Trarei algo para o nosso almoço.

Quero que vá comigo às compras amanhã, combinado?

Combinado...

Gèrome ficara sabendo da volta de mamãe e cuidou de entrar em contato com ela imediatamente.

Alô. Boa tarde; é, quem fala?

É Madelaine. Com quem estou falando por favor?

Olá Madelaine, aqui é o Gèrome...

Como vai Gèrome? Marie não se encontra...

Não é com Marie que eu quero falar... é com você mesma

Tudo bem Gèrome? Cheguei hoje pela manhã...

Tudo bem sim, minha querida. Posso vê-la logo mais à tardinha, lá pelas seis horas da tarde?

Pode sim; convido-o para jantar conosco. Minha Marie não há de se importar e até ficará contente com a minha iniciativa.

Nos encontraremos logo mais então.

Sim, até logo.

Madelaine se preocupara em cuidar de se vestir bem para recebê-lo. Correu a telefonar-me para avisar do acontecido. Eu fiquei feliz por ela; gostava de Gèrome pela sua bondade e cavalheirismo e achava também que os dois formavam um belo casal.

Gèrome mandara entregar flores com cartão de agradecimento pelo convite para jantar conosco. Lá pelas quatro da tarde, o entregador bateu à nossa porta com um belo bouquet de Lírios brancos nas mãos, mas o melhor ainda estava por vir.

O melhor viria com Gèrome em mãos. Um mimo para Madelaine fora o que

ele lhe ofertara pessoalmente. Um camafeu com figura de senhora em osso.

Nossa noite fora agradabilíssima. Nós quatro em perfeita harmonia. Rimos bastante de situações bizarras que Gèrome fazia o favor de rememorar para alegrar ainda mais nossa reunião.

Ao despedir-se ouvi-o convidar Madelaine para jantares e almoços pela cidade. E ela aceitara a corte.

Enquanto isto acontecia em nossas vidas, do outro lado da América, a força policial já estava preparada para, na hora certa, capturar Jean e sua gangue antes mesmo que a obra de arte sofresse o tão famigerado roubo. Agindo com perspicácia tudo daria certo e os meliantes veriam o sol nascer quadrado nas celas frias da cadeia local.

Jean comandava com mãos de ferro seu grupo. Era informado de tudo sobre a exposição que aconteceria no Museu em Pasadena e vigiava os passos de Madelaine.

Um sequestro estava sendo meticulosamente preparado e ele aproveitaria para num duplo golpe sequestrar mamãe. Exigiria vultuosa quantia a Pierre para libertá- la. Mataria dois coelhos de uma só cajadada.

Madelaine em sua inocência continuava a frequentar basicamente os mesmos lugares e a percorrer os mesmos caminhos. Esta atitude contribuía para o sucesso do plano dos meliantes.

Natal em Paris

Capítulo 14: O Natal

Nossas festas de final de ano e ano bom haviam sido memoráveis. A farta distribuição de brinquedos e víveres para as famílias carente e suas crianças, fora coroada com a celebração da Santa Missa no Convento de Dom Carlo. Ele presidira a cerimônia e nós entregamos os presentes. Fora tudo perfeito e eu estava de alma lavada.

Os meses passavam rápido e quando dei por mim já era meio de janeiro e o inverno castigava-nos bastante.

As casas permaneciam fechadas a maior parte do tempo. Bebidas quentes e pratos suculentos recheavam o cardápio do dia nos restaurantes da cidade.

Eu, de minha vez acrescentara às refeições um caldo quente e os achocolatados eram uma boa opção durante o dia. As saladas foram substituídas por porções maiores de carne e comidas condimentadas com bastante molho eram uma excelente pedida.

A moda pedia casacos pesados, gorros e cachecóis. Luvas e meias grossas ajudavam a aquecer as mãos e pés e pernas, aliviando a tensão dos dias frios.

Estava nos meus projetos uma exposição de fotografias que havia tirado nas ilhas. Revisando minha produção de arte fotográfica, percebi que tinha muitas fotos dos lugares que conheci em outras viagens que fiz antes mesmo de conhecer Pierre.

Poderia mesmo juntar todo este material para uma única mostra abordando memórias das cidades que conheci. O local escolhido para a mostra seria a Galeria de Pierre.

Pedi a colaboração de mamãe para esta empreitada, afinal ela era museóloga com louvor! Não se negaria ou se furtaria em me ajudar uma vez que, arte era tudo o que ela mais gostava nesta vida.

Todo o serviço de catalogação museológica e de estado de conservação das fotografias, assim como a museografia da exposição seriam feitos por ela. Solicitei seu consórcio também na escolha das imagens que deveria expor. A maior parte delas em preto e branco, onde a luz e sombra teciam um diálogo lírico, poético, que nos reportaria às mais surpreendentes emoções. O nome era bastante sugestivo, "Europa, cantos e recantos do velho mundo".

Longe dali, no conforto que uma boa convivência pode proporcionar, Jean tramava seus planos sórdidos para sequestrar mamãe.

Como todo meliante, sua personalidade desprovida de qualquer sentimento bom, ele só pensava no sucesso de seu plano que lhe renderia dinheiro grosso às custas do patrimônio de Pierre. Sabia da afeição do meu amado por minha mãe e foi o modo escolhido para atingi-lo em seu bolso.

Havia uma residência abandonada nos arredores de Paris. Era um lugar ermo, sinistro mesmo, no meio de um matagal denso. Ninguém em sã consciência iria até lá por mera curiosidade. Apenas um interesse moveria alguém a perscrutar o local.

Casa imunda, cheia de insetos, ratos e até cobras povoavam-na.

Jean sentiu a necessidade de contratar os serviços de mais assistentes para ajudá-lo nas tarefas. Eles eram em quatro no bando e Jean teve que admitir mais três homens para os serviços.

Ele só não sabia que já estava sendo bisbilhotado pela Divisão de Sequestros da Polícia francesa.

Três homens grosseiros e truculentos para dominar criatura tão dócil e frágil como mamãe. Era o cúmulo da maldade e baixeza a qual o ser humano pode ascender.

A Polícia Especializada do FBI agia com rapidez e segurança para descobrir as estratégias dos meliantes, tal a gana de ver mais uma gangue desbaratada. A Polícia local sob o comando do Delegado Robert esmerilhava-se nas descobertas das tramas que Jean e seu grupo engendravam às escondidas.

O FBI com suas inteligentes estratégias ficou a par de que o plano ambicioso de Jean para o roubo da obra de arte e o sequestro de Madelaine, demandava a contratação de mais um homem para integrar seu grupo.

Sabendo disto o bureau infiltrou no meio da quadrilha um agente que agiria disfarçado de cidadão comum para não levantar suspeitas.

Por nome Gilbert, nascido em Paris, trabalhava para o FBI aonde quer que a entidade o enviasse.

Jean entrevistou-o e o contratou por sua sagacidade e perspicácia diante dos problemas que lhe foram propostos.

Rapidamente ele se inteirou dos fatos e dos interesses da quadrilha.

Assiduamente se reportava ao chefe da gangue para demonstrar a real participação nas reuniões de serviço.

Capítulo 15: O adeus de Josephine

Havia uns meses que a mãe de Pierre adoecera de doença grave. Josephine era seu nome, contava com 75 anos e fora acometida de um câncer no cérebro que comprometera seus movimentos, causara dores lancinantes de cabeça e afetara sua visão.

Sofrera muito a doce senhora, entre a casa e os hospitais aguardando em vão, uma cura que não viria nunca.

A cirurgia para remoção do tumor fora descartada, pois ele se alojara no cérebro em um local de acesso inatingível.

Fora adotado como tratamento quimioterapia e radioterapia, na esperança de que o mesmo estagnasse em seu crescimento contínuo. Todas

as tentativas de cura foram frustradas e Josephine veio a falecer numa cama de hospital em uma bela tarde de verão.

Uma nuvem negra de tristeza se abatera sobre a família. Pierre era o que mais sentira a perda, sendo um filho dedicado e apaixonado por sua progenitora.

Desde que o mal fora descoberto, passamos a viver todos os dias sob um clima de ansiedade e angústia sobre o desfecho que este caso teria.

Eu e Pierre ficamos encarregados de providenciar tudo para que o féretro de Josephine fosse realizado, precedido de um velório que aconteceria em sua residência. Ali ela daria o último adeus às armas, como num último suspiro antes de entregar- se definitivamente nas mãos santas do Criador.

Madelaine e eu separamos para a ocasião um vestido apropriado na cor preta e chapéu para o dia do enterro. Josephine teria o mais cristão dos funerais com coroas de flores, cruzes e velas. A Santa Missa e encomenda do corpo seriam oficializados por Dom Carlo que fora avisado de pronto.

Gèrome já não vivia com sua esposa havia algum tempo, por isso seu envolvimento com mamãe fora aprovado por Pierre. Continuavam amigos mas não desfrutavam das delícias do amor na mesma cama sob o mesmo teto. Ele mudara-se para um apartamento para morar só.

Madelaine portou-se discretamente em silêncio profundo. Penso que não queria ferir ainda mais de dor profunda os sentimentos de pai e filho, uma vez que o desespero e a desolação emolduravam as faces dos dois.

Eu de minha parte, abraçada a Pierre tentava em vão consolá-lo, na tentativa de amenizar sua grande dor.

No cemitério houve mais uma última celebração com a benção final precedida de palavras de conforto dos evangelhos, proferidas por Dom Carlo.

O último adeus! Sim, a despedida final que nos dava sua filha tão querida.

Fora morar com os anjos e santos de Deus em sua mansão celestial.

Tudo terminado. Amigos que nos deram a honra de suas presenças, despediam-se deixando palavras de pesares e conforto. Dom Carlo, abraçou-se a Pierre e o abençoou oferecendo todo tipo de apoio psicológico, caso ele necessitasse.

Gèrome também necessitava apoio que foi buscar em Madelaine, seu mais novo amor.

Monique soubera do acontecido mas, como se encontrava em temporada teatral, fez questão de marcar presença simbolizada em uma belíssima coroa de flores que mandara entregar para adornar o túmulo de Josephine.

Agora era deixar que o tempo cuidasse de cicatrizar as feridas.

Capítulo 16: Curando a própria exposição e o matrimônio de Madelaine

Aos poucos a vida foi se normalizando. Eu continuava firme no propósito de curar minha própria exposição.

A alegria e esperança num futuro promissor voltaram a tomar conta de nossos corações. Nossos anseios mais velados emergiram de dentro de nossas almas como furacões.

A certeza da vitória em nossos projetos alicerçava nossa realidade.

O romance de Madelaine e Gèrome seguia a todo vapor, e eles já estavam pensando em matrimônio. Ela me comunicou numa bela manhã de domingo.

Sabe filha, eu e Gèrome estamos pensando em oficializar nossa união.

Casamento? Perguntei.

Sim. O nosso relacionamento está ficando estável e maduro. Penso que já podemos optar pela união formal.

Ele te pediu em casamento? Quando foi que aconteceu?

Pediu sim, ontem no jantar. Com anel de compromisso e tudo o mais...

disse exibindo a joia

Lindo mamãe– falei. Você quer minha opinião, não é?

Sim, querida.

O meu consentimento está dado.

Obrigada filha. Fico feliz.

Era sonho de mamãe casar-se na Igreja e a Catedral de Notre Dame fora escolhida para oficializar diante de Deus e dos homens, o enlace matrimonial.

Marcada a data para o último domingo de verão, iniciaram-se os preparativos para o grande dia. Tínhamos tempo e pudemos, com parcimônia pensar nos últimos detalhes do evento que se tornou uma verdadeira empreitada.

Desde proclamas e papéis para o casamento no civil, até buffets e vestimenta dos noivos, convites, e vestimenta de padrinhos, etc.

Fiquei completamente envolvida pelos acontecimentos e mergulhei de cabeça na ajuda para mamãe que, num arroubo de ternura cobria-me de abraços e beijos afetuosos.

Ela seria a mais bela noiva porque transbordava amor que lhe saíam pelos poros, gestos e sorrisos. Sorria com a alma e era só felicidade!

Um dos melhores buffets fora contratado, flores brancas na Igreja. A música ficaria a cargo de pianista conceituado. Os convites foram emitidos e enviados com um mês de antecedência. Vários artistas, intelectuais e mais, seriam os convidados.

Madelaine providenciou um tailleur no tom rosa seco, sapatos e jóias combinando.

As testemunhas que partilhariam o altar com ela, deveriam trajar longos de cortes simples na cor vinho.

Para a grande festa após o enlace foi contratado um Anfiteatro para apresentação circense de malabares, rodas de fogo, pratos girantes. Música ao som de quarteto de cordas fariam o som ambiente.

Madelaine e Gèrome estavam radiantes, e nem parecia que ele havia perdido Josephine recentemente. Quando o amor acaba, quase não há mais nada a fazer e ele era bem resolvido nesta questão do coração.

Pierre também estava bem, mais conformado pela perda da mãe. Endossava a felicidade e alegria de seu pai, compartilhando de tudo e aplaudindo todas as ações.

Os primeiros presentes para os noivos começaram a chegar em minha casa, na galeria. Presentes de enchermos os olhos. Abríamos todos e Madelaine guardava com carinho os cartões de felicitações. Até a realeza presenteou- os com duas taças de ouro e cristal mandadas fazer exclusivamente sob encomenda para a deposição do champanhe na noite da festa. Era tudo em nome da amizade de Pierre e eu nas Ilhas Saint-Tropez.

Ilhas Saint-Tropez

Filha, disseram-me que os malabares são da maior qualidade.

Sim mamãe. Monique os conhece e aprova-os.

Monique... bem que ela podia comparecer...

Não dará certo, pois estará em plena atuação... Mas para a festa, talvez já esteja folgada dos palcos.

Não nos esqueçamos do convite dela que tem que ser especial. Gosto muito desta amiga em particular.

Eu também a tenho em grande apreço. Vamos, façamos a lista nossa, uma vez que, Pierre e Gèrome já fizeram a deles.

Madelaine e eu tínhamos poucos amigos separadamente de Pierre e Gèrome. A maior parte dos nossos amigos eram amigos comuns a eles dois. Vivíamos em harmonia plena e até as amizades que cultivávamos eram as mesmas. Tanto melhor para a noiva que não precisaria preocupar-se em demasia para não deixar alguém de fora do enlace matrimonial.

Nunca houvera e eu não tinha visto, noiva mais feliz em toda minha vida. Madelaine era o retrato da felicidade, da alegria, da paz.

Radiante, seus olhos e pele transmitiam o frescor de tempos idos e seu bom humor e sorrisos eram contagiantes... Estava feliz por mamãe.

Enquanto tudo girava a nosso favor, do outro lado do mundo, um certo Sheik Samir Abdulah aguardava pacientemente o desfecho do plano sórdido que o faria o colecionador mais feliz da face da terra.

Aprendera a esperar com sagacidade, no silêncio exigido daqueles que não querem ser identificados.

Sua rotina era a mais normal possível para não levantar suspeitas, porém o FBI e a polícia francesa também possuíam homens argutos, com olhos de lince para observá-lo bem.

Jean e seus comparsas estavam atentos ao casamento de mamãe. Deixariam que ele se casasse, afinal Gèrome era riquíssimo e o resgate pelo sequestro dela poderia ser bem polpudo. Pierre não desconfiava que Jean tramava um golpe duplo e ficou sossegado e em paz, após ter-lhe fornecido as informações concernentes ao Museu de Pasadena. Digamos que até havia esquecido, mas a polícia e Dom Carlo, não.

Aproximava-se a data do casamento de mamãe.

Última semana, mas com tudo pronto não havia nada para se lamentar ou pensar que pudesse ter sido melhor trabalhado.

Toilete pronta, os penteados e acessórios impecáveis para a cerimônia. O casamento civil seria realizado às quatro horas da tarde na própria sacristia da Catedral. Logo após, exatamente às seis horas, hora do Ângelus dar o início à celebração religiosa. Os noivos estavam a postos diante das autoridades e testemunhas para assinarem o termo de compromisso.

Encaminhados os protocolos, passou- se às devidas assinaturas no livro de registro matrimoniais.

Tudo bem pronto e a noiva retirou-se para a entrada principal da Igreja, com seu belo buquê de rosas brancas na mão esquerda e terço de prata e cristal na mão direita. Pierre conduziu-a até o altar e a entregou a seu pai.

Em mais ou menos uma hora e meia, quase duas, os serviços estavam concluídos.

Todos para o Anfiteatro onde a festa correria solta e animada, até quatro horas da madrugada.

As apresentações circenses e a boa música faziam a alegria de todos. Um grande baile teve início à meia-noite com os noivos deslizando passos no grande salão a dançarem a grande valsa. Casais se formavam para sequenciar os primeiros passos dos dois.

Dançou-se pela madrugada afora e serviam-se de belo coquetel com bebidas finas, comes, fotos e muita brincadeira.

Exaustos, alta madrugada foram saindo um após outro desejando votos de plena felicidade para o casal.

As ilhas estavam em estado de graça aguardando-os em lua de mel. Seriam quinze dias de deleite maravilhosos.

Capítulo 17: A frustração do plano

A proximava-se a data para a tão esperada exposição em Pasadena. Todos os preparativos foram meticulosamente elaborados e as equipes de evento estavam de parabéns pela intocabilidade do projeto.

Os convites para o Vernissage já haviam sido expedidos e os protocolos de recebimento confirmavam a eficácia dos serviços. O Diretor Curador do Museu sentia-se aliviado e orgulhoso pelo feito.

Há apenas três dias da mostra, Pierre mostrou-se preocupado, demonstrando um certo desconforto. Entristecia-se por nada, mas nunca iria confessar-me o que se passava no seu íntimo.

]Resolvera então apegar-se a Dom Carlo.

O velho monge o sustentou trabalhando com ele questões de arrependimento, numa visão psicológica de um ato caprichoso, impensado, com o rigor que a causa exigia. Aproveitou a deixa e, como homem de Deus, fê-lo ver o tamanho do pecado da luxúria ao qual Pierre havia sucumbido.

Resolvi questionar Pierre, indagar o porquê do sofrimento visível em seus olhos. Ele esquivava-se e não me deixava aprofundar no assunto, arrumando desculpas para o que não era desculpável.

Mudava logo de assunto e de tom da conversa.

Noite de quinta feira. Convidei-o para jantarmos fora em um bom restaurante de comida típica italiana. Ele sugeriume que comêssemos em um restaurante típico francês onde serviam um belo scargot, acompanhado de arroz com frutos do mar, vinho, champanhe e sobremesas deliciosas. Petit gateau, caramel e bolos confeitados e recheados de doce de leite com ameixas pretas.

O restaurante ficava na Champs Elisée e era muito bem frequentado.

Tomei um belo banho, fiz minha toalete de óleos e hidratantes no corpo todo. Manicure e pedicura prontas, cabelos bem limpos e modelados por mim.

Coloquei um dos meus melhores vestidos e perfume embriagador. Azul turquesa de seda pura, seu caimento era impecável. Modelava a cintura a partir do busto, deixando, porém, o colo nu que fora valorizado. Coloquei uma bela gargantilha de esmeraldas combinando com o par de brincos.

Experimentei um par de sapatos salto sete em verniz e bico fino. Para as mãos, carteira média em cetim preto.

Pierre banhou-se e eu o ajudei a providenciar sua vestimenta. Desde as peças mais íntimas, até o belo terno cinza chumbo com camisa no tom levemente lilás, de seda e gravata rosa lisa, também em seda.

Sapatos bicos finos em verniz pretos.

Pierre sabia de sua beleza e virilidade estampados em sua rija musculatura que saltavam aos olhos.

Eu de minha parte me amava bastante e tinha certeza que era motivo de orgulho para ele também.

A postos, descemos para a garagem do prédio do apartamento. Pierre abriu- me a porta do carro como um cavalheiro, e eu entrei. Sentei-me a seu lado e partimos rumo ao centro.

Paris iluminada era mais bela ainda.

Como era gratificante morar naquela bela cidade, ter um companheiro belo, inteligente, generoso e bom.

Tudo me sorria a mil maravilhas.

O riso alegre e o falatório dos passantes, luzes, faróis dos carros e os semáforos que não nos davam uma trégua. Dentro do carro, de vidros levemente fechados, apenas os perfumes dos nossos corpos embriagavam-nos os sentidos. Usara um Cacharrel e Pierre perfumarase de Valentino. Estávamos chegando ao nosso destino.

Procuramos estacionamento do próprio restaurante. Na porta de entrada fomos recepcionados pelo gerente local que nos cumprimentou oferecendo-nos o lugar que já havia sido previamente preparado.

As reservas tinham de ser feitas até com um dia de antecedência por telefone ou internet.

Serviço à la carte, o garçom designado para o nosso atendimento, apresentou- se trazendo os cardápios que nos entregou, aguardando por instantes nossos pedidos.

A entrada foi de um pequeno coquetel de frutas regados ao vinho branco.

Para degustar, uma terrina contendo pequenos pedaços de queijo emmental e salmão defumado, azeitonas pretas sem caroço

Sempre tínhamos o que conversar. Nosso assunto nunca se esgotara e eu não me lembro de ter brigado uma única vez com Pierre, fosse pelo motivo que fosse.

Estava muito feliz ao lado do homem da minha vida.

O homem da minha vida também tinha seus fantasmas. De educação rígida sempre teve o inferno a rondar sua alma. O medo da perdição eterna era para ele uma cruel realidade. A Igreja moldara seu caráter no bem.

Afeito a misericórdias e atenção para com os mais necessitados, levara uma vida digna, impoluta e cheia de amor. Não era justo o que fizera consigo mesmo, abandonando ainda que por período breve, os santos ensinamentos de uma instituição secular. Fora provado na carne. Parecia-me que estava arrependido. Aturdido por um remorso que às vezes lhe aflorava a alma, tingindo de sombra seus belos olhos azuis; enrubescendo a pálida face de negros cabelos longos.

A noite estava apenas começando.

O jantar fora gentilmente servido e, entre uma e outra taça de vinho, haveria de caber espaço para mais uma taça de champanhe.

Fazíamos brincadeiras à mesa com as palavras. Quem acertasse mais receberia como brinde um beijo. O jogo era simples. Contavase uma situação e o oponente deveria imediatamente encontrar uma palavra que coubesse em tal situação.

Ríamos de tudo e o jogo terminou empatado, até que pedimos a conta ao garçom. Pierre sacou seu cartão bancário, pagamos e nos retiramos felizes e saciados. Paris à noite é uma festa glamorosa.

Gente bonita pelas ruas desfilando seus looks de uma maneira despojada ou elegante. Os bares faziam a alegria dos boêmios que para lá se dirigiam na vã esperança de afogar suas mágoas nas taças e copos de bebida alcoólica.

Quis esticar mais a noite e o convenci a irmos ao cinema assistir um filme antigo. Era a história de um triângulo amoroso entre um heterossexual, uma mulher e um homossexual.

Filme trágico, a mulher só desconfiava que o homem, o seu homem tinha um caso.

Não sabendo de quem se tratava, arquiteta um plano para pegá-lo com a boca na botija.

Não me deterei em pormenores narrativos. Cito apenas que ao final, ela surpreende o marido com o homossexual na cama.

Cena bizarra de sexo pornográfico, a personagem do homossexual está de camisola vermelha, maquiada femininamente sendo levemente chicoteada por seu algoz. Amor e algoz.

Pensava cá com meus botões que a mente humana pode ser perversa por demais às vezes. Enfim, valeu como distração e rumamos para casa exaustos, os dois.

O ritmo daquela noite entrara em pausa. Chegando a caixa livramo-nos de nossas roupas e caímos num sono profundo, dormindo um nos braços do outro.

Jean preparara um bom fraudador, passaportes falsos e documentos seus e de seus comparsas para poderem fazer reservas aéreas para Pasadena.

Assim que eles ficaram prontos, tratou de providenciar meios eficazes para garantir suas viagens.

A documentação fora entregue no prazo estipulado, as reservas foram feitas e eles viajariam por uma grande companhia aérea. Na verdade fora mais de um voo. Dois para ser mais precisa. Foram de dois em dois para não tumultuarem o plano e não levantar suspeitas.

Começo de setembro e o outono se aproximava.

No Museu, a expectativa de ver coroados todos os esforços para a realização do grande evento, alimentava a ansiedade e os sonhos de todos os funcionários.

Imprensa fazendo coberturas, entrevistas, jornais, notícias culturais em páginas impressas, TV, Internet, redes sociais e rádio. Era a febre da arte. Arte que provoca e modifica o estado de milhares de pessoas.

O Diretor do Museu, Mr. John Stewart estava feliz e brilhava como as estrelas. Era sua vez de ter alguns momentos de fama.

Versado em história, fez da história da arte sua disciplina favorita. Tão bom quanto Pierre, dividia-se no Museu entre pesquisas, museologia e museografia. Alinhavando várias

categorias intelectuais à sua grande capacidade também administrativa, proporcionou aos amantes da arte, um grande deleite.

O movimento no Museu por conta da inauguração da exposição, aumentara o número de visitantes.

O Sheik estava aguardando em sua moradia distante dali; no Mosteiro, o velho ancião estava atento aos últimos acontecimentos.

A Polícia Francesa havia se posicionado para prender os meliantes, depois que fossem pegos pelo FBI e Polícia Americana.

Hora do Vernissage. Os primeiros convivas e autoridades adentram porta adentro exibindo seus belos convites vermelhos com letras douradas.

Não havia necessidade de fazê-lo, porém, era prazeroso para os que foram seletamente convidados, e ter um nome no mailing do Museu era muito. Coctail regado a whisky, vodca, conhaque e até cerveja, acompanhados de belo Buffet com salgados e doces.

Tudo isto para que as obras de arte figurassem entre as melhores opções de laser cultural da cidade de Pasadena.

Os homens de Robert estavam a postos após o término da festa. Figuravam à paisana entre os convivas que de nada desconfiavam. Não se podia alardear para não causar pânico e comprometer a alegria que reinava entre todos.

O aparato policial desde helicóptero para captura dos meliantes, até uma pistola de mão.

O Sheik Abdulah também se preparou e enviou seu helicóptero particular para a operação. Seria assim, Jean e três de seus homens desceriam de helicóptero que invadiria o espaço aéreo e estaria sobrevoando o Museu, alta madrugada para roubar a peça. Este mesmo avião os transportaria para o esconderijo nos arredores da Arábia em primeira mão. Depois entregariam o fruto do roubo para o Sheik e receberiam pelo feito.

Capítulo 18: O final que não se esperava

E stando Madelaine de volta de sua lua de mel, sofreria o sequestro na mesma hora em que o Museu estivesse sendo roubado.

O raciocínio demandava astúcia, sagacidade, prontidão.

Invadiriam o apartamento de Gèrome, o renderiam e fariam Madelaine de refém.

A polícia e o FBI agiriam para, como pode-se dizer, entrar na boca do lobo e prender toda a matilha. A intenção deles era flagrar também Pierre que de nada desconfiava.

Sua bondade o tornava impoluto ainda que tivera participação no crime.

Sim, Pierre era um homem bom, eterno menino em busca de carinho.

A lua de mel de Madelaine terminara e ela retornou para Paris no dia da exposição. Seu apartamento aguardava por ela e Gèrome e ficara fechado por quinze longos dias.

Dom Carlo, de prontidão aguardava no silêncio do Mosteiro os acontecimentos. Livraria Pierre nem que para isto fosse preciso perder a própria vida.

Pierre era seu filho espiritual adorado e ele o resgataria, não permitiria que fosse pego, nem pela polícia francesa, nem pelos agentes do FBI.

Aliás, nem saberiam que Pierre havia contribuído para um feito macabro como aquele.

Naquela noite peremptoriamente aprontamo-nos para dormir mais cedo do que o costume.

O helicóptero de Jean se aproximara dos céus por sobre as imediações do Museu. Ele era o piloto.

Dois de seus homens desceram assim que o helicóptero baixou e portando chaves copiadas abriram a porta de entrada principal, renderam e nocautearam os vigias noturnos.

Mascarados e com luvas nas mãos, dirigiram-se à galeria aonde a obra se encontrava exposta.

Removeram-na do local onde estava afixada e saíram rapidamente porta afora.

Uma corda com garras nas pontas, fixou-se na embalagem, puxando-a para cima até que ela adentrasse o avião.

Os dois meliantes que se encontravam em terra abandonaram o local e fugiram para o carro.

Não contavam, porém, com a eficácia da Polícia Americana e do FBI que iriam capturá-los antes mesmo que pudessem entrar no carro.

Jean e mais comparsa que com ele se encontrava no helicóptero sofreram perseguição aérea. Seu avião fora atingido de maneira violenta, várias vezes pelo jato que vinha em direção oposta à sua, obrigando-o a pousar.

Sua prisão fora fácil.

A administração do Museu fora notificada pelos vigias que já haviam se recuperado parcialmente do nocaute sofrido e, a obra retornou ao seu devido local de exposição.

Em Paris o sequestro de Madelaine se desenhara na frustração do plano.

Quando dois sequestradores invadiram seu quarto em seu apartamento, foram rendidos em seguida pela polícia que os prendeu e amordaçou levando-os para o distrito.

Enquanto isto, outro efetivo da polícia se dirigia para meu apartamento onde eu e Pierre dormíamos.

Os homens de Dom Carlo, mais precisamente os seus monges, chegaram primeiro com alguns minutos de antecedência.

Encapuzados, encapuzaram também Pierre e a mim. Pierre nada vira, pois ainda dormia.

Sob os efeitos de clorofórmio em nossas narinas, estávamos como que desmaiados para acordar tempos depois.

Eu ansiava por uma explicação. Pierre como pássaro ferido, abraçou-se a Dom Carlo. Ele chorava copiosamente e Dom Carlo , como um pai o consolava.

Só então fiquei sabendo do acontecido. Voltei para o meu apartamento.

Pierre não me acompanhara e decidira-se a permanecer no Mosteiro por tempo indeterminado.

A "Mãe Igreja" acolhera-o novamente e ele volvera a seus braços de peito aberto e coração arrependido.

Dom Carlo expusera-me tudo e ficando a par da situação, deixei Pierre ficar com a "Igreja", dando-lhe o tempo necessário para optar se ficava comigo, ou voltava para sua fé.

Sabia de antemão que contra "Deus e a Igreja" não havia argumentos a refutar.

Pierre desfrutava agora da paz dos escolhidos, dos que um dia desviaram- se do caminho, mas que em meio a grande jornada fora encontrado pelo pastor das ovelhas perdidas, fora

resgatado, curado em suas machucaduras e recebido

acolhedoramente pela "Mãe Igreja" em seu regaço de amor.

A mim, restava-me apenas esperar por sua decisão.

Sentia-me envergonhada mas compreendera e perdoara o homem, a quem havia dedicado o mais puro e fiel dos amores.

Hoje, três dias se passaram do acontecido. Um misto de solidão, carinho e despeito por ter sido relegada a um plano menor na vida de Pierre; trago a sensação da dor de uma ferida aberta com um punhal em meu peito.

Paris continua bela. Suas luzes e a Torre Eiffel fazem a alegria dos turistas.

O dia escurece e a noite chega. As luzes se acendem e após ter exorcizado todos os fantasmas dentro em mim, volto serena e tranquila para o meu lar.

Uma ponta de esperança de dias felizes invade meu coração.

Aguardarei no silêncio da alma a solução que só o tempo pode dar.

Fim

CPSIA information can be obtained
at www.ICGtesting.com
Printed in the USA
LVHW010050220720
661195LV00006B/638